El huevo azul

El huevo azul

Silvia Roche

Ilustraciones:
Sunset Producciones

CASTILLO

COORDINACIÓN DE LA COLECCIÓN CASTILLO DE LA LECTURA:
    Patricia Laborde
EDITORES RESPONSABLES: Sandra Pérez Morales y Víctor Hernández
    Fontanillas
DIAGRAMACIÓN Y FORMACIÓN: Susana Calvillo y Leonardo Arenas
ILUSTRACIONES: Sunset Producciones

PRIMERA EDICIÓN: **marzo de 2002**
QUINTA REIMPRESIÓN: **mayo de 2009**

El huevo azul

Texto D.R. © 2002, Silvia Roche

D.R. © 2004, Ediciones Castillo, S.A. de C.V.
Insurgentes Sur 1886, Col. Florida,
Delegación Álvaro Obregón,
C.P. 01030, México, D.F.

**Ediciones Castillo forma parte
del Grupo Macmillan**

www.grupomacmillan.com
www.edicionescastillo.com
infocastillo@grupomacmillan.com
Lada sin costo: 01 800 006-4100

Miembro de la Cámara Nacional
de la Industria Editorial Mexicana
Registro núm. 3304

ISBN: 978-970-20-0127-0

Impreso en México/*Printed in Mexico*

*Ya es tiempo de que los niños
jueguen con los dioses*

Te voy a contar un cuento...

...un cuento inspirado en otro cuento
que un día me contara un
cuentacuentos de la tierra
del Mayab...

...un cuento con sabor a cacahuates, con
olor a selva y de color verde quetzal...

...un cuento que hace retroceder el
tiempo y que abre la puerta a otra
dimensión.

Te voy a contar ese cuento...

El huevo azul

Había una vez, en la región de los
mayas, un gobernante llamado Tutul,
que quería ser rey.

Como en aquella época no estaban de
moda los reinos, Tutul se inventó el
suyo en la ciudad de Uxmal, en donde
mandó construir un palacio y un trono.
Luego ordenó a todos... hasta a su
guacamaya favorita, que, a partir de ese
momento, le dijeran "majestad".

Y su majestad, el rey Tutul, hubiera sido feliz reinando en su palacio y en su trono con su guacamaya al hombro, de no ser por un extraño sueño.

Noche a noche soñaba con un enorme huevo azul que se partía en dos, haciendo que su corona rodara en una olla con frijoles. Lo peor era que nadie podía explicarle qué significaba aquello.

—¡Cocozom! —ordenó a su guardia, que a la vez era secretario, asistente, y el "hácelo-todo" real—. ¡Que vengan los sacerdotes, los "ahuacanes"!

—¡Prrrr.... que vengan... que vengan! —gritó la guacamaya.

Y Cocozom regresó acompañado por media docena de sumos sacerdotes que, al estilo zopilote, dieron vueltas y más vueltas consultando los astros, pero... nada pudieron aclarar.

—¡Cocozom! ¡Tráeme a los sabios!

—¡Sabios... sabios! —remedó la guacamaya, como si apoyara al rey Tutul. Éste le dio un cacahuate.

El fiel Cocozom llevó a los sabios más sabios de entre todos los sabios quienes, después de mucho estudio, meditación y elevación de miradas al cielo, tam₊ descifraron el misterioso sueño.

Por el suntuoso palacio desfilaron entonces brujos, magos, chamanes, adivinos, y uno que otro charlatán.

Todos movieron tristemente la cabeza en señal de negación. ¡Aquel sueño era tan absurdo, que podía significar cualquier cosa, o bien, nada en absoluto! Y temiendo que sus opiniones no fueran del agrado del rey, prefirieron guardar silencio.

—¿Y si ofrecierais parte de vuestro tesoro a quien lo descifre? —se atrevió a sugerir el ingenuo Cocozom.

—¡No! ¡Nunca! ¡Jamás! —chilló Tutul, como si le estuvieran arrebatando sus cacahuates—. ¡Todos tienen la obligación de ayudarme y de hacerlo gratis! ¿Acaso no soy el rey?

—¡Rey! ¡Rey! —chilló también la guacamaya y le tocaron dos cacahuates, dos únicamente, ya que eran de "importación".

Después de muchas lunas repitiéndose el mismo sueño, el monarca empezó a enervarse, a deprimirse y a preocuparse.

Y nada hay más peligroso que un rey enervado, deprimido y preocupado.

—¡Cocozom! —gritó entonces, fuera de sí—. O me traes a alguien que descifre mi sueño, o te hago rodar un cacahuate con la nariz por toda la plaza.

—¡Plaza... plaza... plaza... plaza! —repitió la "guaca" armando gran escándalo. Tutul le dio un puñado de cacahuates con tal de que se callara.

El guardia real se cuadró al instante y salió a toda prisa. Que lo azotaran, que lo echaran de cabeza a un cenote, que lo colgaran de una ceiba por los pies; nada de eso le asustaba.

Pero, rodar un cacahuate con la nariz por toda la plaza, ¡eso sí que no! ¡Jamás sería el hazmerreír del pueblo! Ya suficiente tenía con ser el "hazme-esto-y-lo-otro" del rey Tutul.

Cocozom recorrió la ciudad de Uxmal tratando de encontrar a alguien que se especializara en sueños, o que admitiera que podía interpretarlos, pero todo fue en vano.

Al verlo llegar, los habitantes se escondían. Hasta los jugadores de pelota fingieron estar practicando el "Pok-a-tok" con tal de no ir al palacio y enfrentarse a las rabietas de Tutul.

Sin embargo, hubo unos cuantos que se atrevieron a opinar.

—Nosotros no nos hacemos responsables de los sueños que se tengan después de comer los frijoles que cultivamos —declararon los encargados de la agricultura—. ¿Por qué no consultan a los curanderos?

Tras una prolongada sesión, éstos dictaminaron: "que su majestad no cene frijoles, así evitará soñar con ellos. En cuanto al enorme huevo azul, ¿por qué no averiguan en los gallineros?".

Algunos de los que se dedicaban a la crianza de aves, no dijeron ni "pío". Otros casi cacarearon: "¡Pero si nuestros pavos, faisanes y gallinas silvestres jamás han puesto uno así! De seguro alguien lo fabricó. ¿Por qué no le preguntan a los artesanos?".

Y a los artesanos les preguntó Cocozom, pero ninguno había visto jamás un huevo azul ni podía imaginar lo que eso significaba.

Triste y desanimado, Cocozom caminó y caminó sin rumbo fijo, dejó atrás el último poblado y se internó en el bosque.

Sus pies se hundieron en una alfombra de musgo y hojarasca; la quietud parecía estar hecha de verde cristal.

De pronto, un jabalí salió a su paso, lo miró con ojos de "éste-a-mí-no-se-me-escapa" y se preparó para embestirlo. Cocozom dio tres pasitos en reversa,

media vuelta a la derecha y corrió como coyote asustado en dirección a un cenote, a un "Xtoloc", como lo llamaban los mayas, bueno, de un gran agujero lleno de agua.

Perseguido muy de cerca por el furioso animal, Cocozom se echó un clavado en las frías aguas... ¡Splash!..., y empapó al jabalí que casi le mordía los talones.

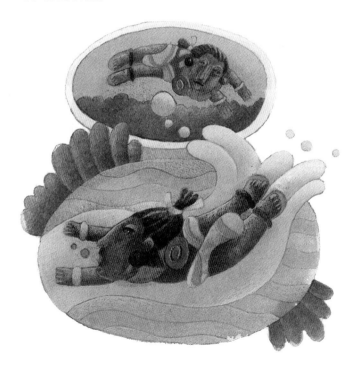

Al borde del cenote, éste detuvo su frenética persecución y, dando de gruñidos, se alejó tan rápido como pudo.

Al ver que el peligro había pasado, Cocozom salió a tierra firme, exprimió su manta y su taparrabo y se tendió al sol para secarse. Y allí estaba, pensando en lo ridículo que se iba a ver rodando un cacahuate con la nariz por toda la plaza, cuando escuchó que alguien cantaba. Olvidando sus tribulaciones y lo empapado que estaba, Cocozom atisbó entre los matorrales.

Allá, en la otra orilla del cenote, una graciosa viejecilla envuelta en un rebozo negro buscaba huevos de tortuga cerca del agua. Ágil y menudita, corría de aquí para allá, canturreando una estrofa de su propia inspiración a la vez que llenaba su canasta:

Un huevo, dos huevos,
tres huevos y otro más,
cinco, seis, siete huevos,
ocho huevos tengo ya.

Durante largo rato, Cocozom la observó fascinado. ¿Acaso era Ixmuc, la hechicera del bosque? No recordaba que ella supiera cantar.

Y entonces, sucedió lo que sucede cuando uno se queda con el taparrabo mojado: Cocozom empezó a sentir un molesto cosquilleo en la nariz. Se la tapó, se la rascó, se la pellizcó, se la estiró y se la retorció. Todo fue en vano.

—¡Ahh... ahhh... ahhh... ahh ... atchuuuuuuuú!

El estornudo despeinó el follaje. Los búhos se asomaron de sus nidos, molestos por haber sido despertados.

La viejecilla quedó inmóvil.

—¡Salud! —dijo, sin saber a quién dirigirse, y añadió intrigada—: no sabía que los árboles estornudaran.

Entre la maleza apareció Cocozom.

—Ahhh... pero si es el "guardia-asistente-secretario y hácelo-todo-real". Conque espiándome, ¿no?

—No te espiaba, Ixmuc. Me acerqué para oírte cantar. La viejecita sonrió complacida. ¡Vaya! Por lo menos el tal Cocozom tenía buen gusto.

—Entonces, puedes quedarte y escuchar el resto de la canción. Pero dime, ¿qué haces tan lejos del poblado?

—Descansaba un rato... y pensaba.

—¡No me digas! Te felicito, Cocozom. Pensar lo hace a uno sabio y la sabiduría nos permite ser más felices. ¿Y en qué pensabas?

—En los cacahua... ejem... quiero decir, en lo enojado que se va a poner el rey Tutul cuando se entere de que no pude hallar quién interprete su sueño.

—¿Sueño? ¿Cuál sueño? —quiso saber Ixmuc.

—Ése tan descabellado que tiene casi todas las noches, cene frijoles o no.

—Pues alégrate, muchacho, ¡Ya me has encontrado! Por muy estrafalario que el sueño sea, yo sabré interpretarlo.

—¿¡Tú!? ¿Tú podrías hacerlo?

—¡Claro que sí! Recuerda que por vieja sé mucho, pero por hechicera, más aún. ¡Llévame con el rey!

Cocozom no se hizo del rogar. Tan veloz como un jaguar, emprendió la carrera rumbo al palacio, tirando de la viejecilla como si fuera un papalote.

—¡Ayyyyy! ¡No vayas tan rápido, muchacho! Porque siento que vueloooooooooooooooooo...

Tu... tu... tu... tu... tu... tuuuuuuuuuu...

Los centinelas anunciaron el regreso del guardia real haciendo sonar repetidas veces las enormes conchas de caracol.

Sentado en su altísimo trono, luciendo túnica a rayas, sandalias doradas y plumas de faisán, el regordete monarca semejaba a una piñata. Mientras aguardaba impaciente, se mordía las uñas y pellizcaba cacahuates de la canasta que solía tener a su lado.

—Uno para la guacamaya... tres para mí... dos para la guacamaya... cinco para mí...

¡Nñññññññññeeee rrrrrrpppppp!

Cocozom detuvo su veloz carrera a unos cuantos centímetros del trono real, mientras Ixmuc efectuaba un aterrizaje forzoso en un colorido petate.

—Vaya, vaya, ¿y a quién traes ahora, Cocozom? —preguntó el soberano

arrugando las cejas como si fueran
un acordeón.

—A Ixmuc, jefe... digo, majestad. Ella
puede explicar el significado de los sueños.

—¡Ah... qué bien!

El acordeón de cejas se estiró...

—Acércate, buena mujer.

...Y volvió a encogerse.

—Y más te vale hacerlo, de lo
contrario, ¡tú también rodarás un
cacahuate con la nariz a lo largo de
la plaza!

La guacamaya aleteó frenética:

—¡Cacahuate... cacahuate!

Al guardia real le temblaron las
rodillas.

Ixmuc esbozó una sonrisa, una de ésas
que guardan dobladitas en su alma las
personas sabias y comprensivas.

—¿Y qué soñáis, que tanto os
preocupa, oh, Gran Señor de Uxmal?
—preguntó.

—Sueño con un huevo, un "enorme"
huevo de color azul.

Los brazos del rey Tutul se abrieron
como si describieran el tamaño de su
redonda barriga.

—De pronto... ¡crac!..., se rompe haciendo un espantoso ruido. Mi corona rueda lejos de mí. Yo la persigo a toda prisa, pero ésta cae en una olla de frijoles y jamás logro encontrarla. Más que sueño, ¡es pesadilla! —gimió el rey Tutul.

—¿Y cuántas lunas se ha repetido este sueño?

—¡Ufff!, tantas, que me harían falta dedos para llevar la cuenta.

El rey se hundió entre los almohadones de piel que adornaban el trono, se encajó la corona en la cabeza lo más que pudo y para disimular su nerviosismo, le dio más cacahuates a la guacamaya.

La viejecilla guardó silencio mientras pensaba.

Tutul contuvo la respiración mientras Cocozom miraba, como hipnotizado, la canasta de cacahuates al lado del trono.

Los minutos desfilaron lentos, perezosos, como si arrastraran los pies.

—Todo está más claro que las claras sin yema —dijo, por fin, Ixmuc.

Tutul aspiró profundamente. Cocozom suspiró y apartó la vista de los cacahuates.

—Vuestro sueño no hace más que confirmar la antigua profecía, majestad.

—¿Profecía? ¿Cuál profecía? —quiso enterarse el monarca, que siempre había sacado cero en lectura de jeroglíficos y por lo tanto, jamás había hojeado el *Sagrado Libro de las Profecías,* solamente lo utilizaba para sentarse encima de él y parecer más alto de lo que era.

—Aquella profecía que dice que el gobernante que no sea amado por su pueblo, será reemplazado por quien haga un ruido tan intenso que pueda escucharse en toda la región del Mayab.

Tutul quedó patitieso del susto. ¡Eso no lo sabía!, mas aparentó indiferencia.

—¡Tonterías! Yo soy amado y respetado por todos. No ha habido mandatario más sabio y benévolo que yo, ¿verdad, Cocozom? Sus rechonchos dedos cuajados de anillos juguetearon con un cacahuate.

—Cierto, majestad, muy cierto —respondió a pesar suyo el "guardia-asistente-secretario y hácelo-todo-real".

—Además, ¿qué podría producir un ruido que se escuchara en toda la región?

—Eso no se menciona en la profecía, Gran Señor.

—¿Ah, no? Entonces, de hoy en adelante —y nada más por aquello de las dudas— ¡queda terminantemente prohibido hacer el menor ruido en Uxmal! —ordenó, furibundo, el rey Tutul, levantándose del trono—. ¡Que destruyan las flautas, los cimbales, los tambores, las chirimías y los tunkules! ¡Que castiguen a todo aquel que grite, chille, estornude o hable en voz alta! Pronto. ¡Háganselo saber a todo el pueblo!

Obedientes, los centinelas levantaron sus enormes conchas de caracol y soplaron con fuerza para anunciar que se iba a hacer una proclama:

Tuuuuu...tu...tu... tuuuu... ttt...

De un manotazo, Tutul se los tiró al suelo. Como energúmeno, brincó y zapateó sobre los caracoles hasta hacerlos pinole.

—¿No escucharon lo que dije? El único que puede hacer escándalo en este reino... ¡soy yo! ¡El trono es mío, mío, mío! —haciendo tremenda pataleta, el monarca se abrazó al trono como niño que defiende a su osito de peluche.

—¡Nadie me lo quitará, yo seré por siempre el rey!

—¡Rey... rey...rey! —chilló feliz la guacamaya, esperando ser recompensada con otros cuantos cacahuates, pero Tutul se le abalanzó y le cerró el pico—. ¡Tú también, pajarraco, cállate!

Y los pobres habitantes de Uxmal continuaron sufriendo y soportando los caprichos de su neurótico rey, pero en silencio.

Todos fueron obligados a hablar en voz queda. Nadie se atrevía a cantar, ni siquiera a toser, a reír o a estornudar.

Los cenzontles y los jilgueros ya no gorjearon como antes.

Los jaguares y los tigrillos rugieron quedito.

Los chiquillos dejaron de jugar donde podían ser escuchados y, por supuesto, la guacamaya real no volvió a abrir el pico.

Solamente Ixmuc tarareaba alegremente mientras recogía huevos de tortuga:

Un huevo, dos huevos,
tres huevos y otro más,
cinco, seis, siete huevos,
ocho huevos tengo ya.

Y sucedió que un día, cuando el sol estaba a punto de zambullirse en el horizonte, la viejecilla divisó algo muy extraño del otro lado del cenote. ¿Qué podría ser aquello? ¡Era azul y muy grande! ¡Tal vez se había caído un pedazo de cielo!

Levantándose las enaguas con discreción y soltura, Ixmuc rodeó el agua, corrió emocionada y apartó los matorrales.

—¡Vaya! Parece un huevo. Sí, ¡es un huevo! ¡Un enorme huevo azul!

Pero, ¿quién lo habría dejado allí? ¿Una enorme tortuga? ¿Un ave gigantesca? ¿Una ballena? No. No había tortugas ni aves así de grandes, y las ballenas no nadaban en los cenotes ni ponían huevos.

Con muchísimo cuidado, Ixmuc envolvió el huevo en su rebozo, lo tomó entre sus brazos y lo arrulló como si fuera un bebé.

—¡Qué importa lo que seas! —le dijo—. Eres muy hermoso y yo te encontré. Voy a cuidarte y a quererte como si fueras mío. Te colocaré sobre la paja más suave, juntito al fogón, y pronto te convertirás en un precioso... en un precioso... bueno, en un precioso "lo que vayas a ser".

Y sintiéndose la madre más feliz del universo, Ixmuc emprendió el camino de regreso a casa llevando consigo diez blancos huevos de tortuga y otro muy grande y azul.

Los días transcurrieron silenciosos, de puntitas, como si también ellos temieran desobedecer las órdenes del rey Tutul.

Una tarde, cuando el sol pintaba de malva y oro el horizonte, Ixmuc regresó a su choza y ¡vio que su precioso y querido huevo azul ya no estaba!

—¡Me lo han robado! ¡Se lo han llevado! —chilló angustiada, a la vez que buscaba en todos los rincones que, afortunadamente, sólo eran cuatro.

Cerca del fogón en donde solía dejarlo, vio, en su rebozo, trozos de cascarón azul. ¡No se lo habían llevado! Simplemente, el huevo se había roto. Pero, ¿¡dónde estaba lo que había dentro!?

Frenética, Ixmuc escarbó entre la paja, lanzando puñados al aire y regándola por todos lados, hasta que ¡lo encontró! Allí, descansando tranquilo, a pesar del alboroto, estaba un hermoso bebé de ojos color de cielo.

—Vaya, vaya, ahora ya sé de dónde vienen los niños —exclamó, maravillada, la buena Ixmuc, a quien su mamá nunca había tenido tiempo de explicarle cómo llegaban los niños al mundo.

—Antes que nada, debo darte un nombre —le susurró—. ¿Cómo te pondré? ¿Ah-Tok? ¿Ah-Hub? No. Muchos hay que se llaman así. El hijo de Ixmuc va a ser diferente. Ha de tener un nombre recio y sonoro como el murmullo de las cascadas... cálido y risueño como el mismo sol.

La vieja hechicera del bosque pensó largo rato, mientras arrullaba al bebé.

—¡Ya lo tengo! —exclamó por fin—. Te llamaré Yaxahkín. ¿Te gusta?

El pequeño sonrió dulcemente, le atrapó el dedo meñique e hizo gorgoritos en señal de aprobación. Y Yaxahkín se llamó.

Arrastrando su largo manto de años, meses y días, el tiempo recorrió las calles de Uxmal transformando todo a su paso. Los niños se volvieron jóvenes y los jóvenes, adultos; los adultos se hicieron viejos, mientras que los más ancianos partían con Ah-Puch, Señor de la Muerte, a la eterna región de las flores negras.

El rey Tutul se tornó más gruñón e irritable. Ahora tenía menos pelo, más barriga, más arrugas y más temor a perder la corona. Ya nadie quería acercársele, salvo la guacamaya que continuaba parada en su hombro con tal de que le diera cacahuates.

El paciente y sufrido Cocozom, "guardia-asistente-secretario y hácelo-todo-real", aún acataba órdenes y cumplía caprichosos mandatos, pero ya no era tan veloz como antaño.

Sólo Ixmuc continuaba igual que antes: ágil, graciosa, menudita, cantando alegremente mientras llenaba su canasta con huevos de tortuga:

Un huevo, dos huevos,
tres huevos y otro más,
cinco, seis, siete huevos,
ocho huevos tengo ya.

Pero ya no estaba sola.

Un joven alto y fornido, de piel morena y ojos color de cielo, le ayudaba a recogerlos, cortaba leña para el fuego y aprendía con esmero lo que la viejecilla le enseñaba.

—¡Ahhh, cómo pasan volando los años, Yaxahkín! —suspiró Ixmuc cierta noche, mientras preparaba la cena—. Hace poco, todavía eras un chiquillo que se ponía a jugar con coyoles y, muy pronto, serás un hombre formal.

—Ya soy todo un hombre, madre —respondió el joven, atizando el fuego que calentaba una enorme olla de cobre, única en toda la región.

—No, hijo mío, aún no. Hombre es quien pisa firme, mira alto y siente profundo, aquel que hace algo por su pueblo y abre caminos para los demás.

—Tienes razón. Me falta mucho por vivir, tanto por comprender.

Yaxahkín salió de la choza y contempló, deslumbrado, el negro manto de la noche bordado de estrellas.

—No sé por qué los luceros parpadean, ni por qué Ixchel, la luna, no camina por el cielo a la par del sol. Quisiera saber qué hay más allá de las montañas, por qué muere lo que tiene vida, por qué hay hombres como el rey Tutul. Sí. Aún me falta mucho por saber, por aprender, ¡y por hacer!

Ixmuc lo escuchó sonriente y continuó moviendo, con su cucharón favorito, la sopa de frijoles que hervía en la olla.

De pronto, quedó inmóvil, mirando fijamente en el espacio.

—¡Tonta, mil veces tonta! —gritó molesta—. ¿Cómo no lo pensé antes?

En vez de los luceros, Yaxahkín contempló a su madre como si fuera un enigma más por descifrar.

Ixmuc dejó caer el cucharón dentro de la olla, se olvidó de los frijoles y abrió un viejo baúl donde guardaba sus más preciadas pertenencias. Escarbó entre collares, huipiles, rebozos y pedazos de cascarón azul hasta encontrar lo que buscaba: un antiguo pergamino color amarillo, grabado con extrañas figuras y doblado cinco veces.

—¡Aquí está, aquí está! Pensé que lo había extraviado.

Yaxahkín la miró atónito. ¿Qué habría encontrado en el viejo baúl?

—Soy vieja e ignorante, hijo mío —explicó Ixmuc—. Jamás podría responder a todas tus preguntas. ¡Ahhh! —su voz se tornó diferente, misteriosa—, pero sé de algunos que lo harán por mí. De las más apartadas regiones, de las cumbres, de más allá del espacio y del tiempo, vendrán los más grandes maestros a obsequiarte su sabiduría. Te ayudarán a ser un hombre cabal. ¡Pronto! Debemos darnos prisa; hay luna llena y todavía no llega al centro del cielo. Ven conmigo y observa.

Y tomando de la mano al azorado Yaxahkín, lo llevó a un claro del bosque cercano a la choza.

Redonda y coqueta, Ixchel, la luna, atisbó detrás de una nube, se asomó por encima de los árboles y roció la espesura con destellos de nácar.

Ixmuc trazó en el suelo un enorme círculo, desdobló el pergamino y lo colocó en el centro. Enseguida caminó a su alrededor mientras decía en voz alta:

Holi... holi... holi...
huqui – huqui – ná.
Agua, Aire, Fuego y Tierra
que aparezcan ya.

El centro del círculo empezó a llenarse de espesa niebla, que se transformó en una nube color violeta.

Ésta empezó a girar como torbellino y a los pocos segundos surgió de él un ser altísimo, casi transparente. Su abundante cabellera parecía estar formada por rayos y relámpagos, y su vestimenta, por una cascada de sedosos hilos de agua color plata. A lo lejos se escuchó el retumbar del trueno.

Ixmuc lo recibió con alegría.

—¡Bienvenido seas, Chac, dios del agua y de la lluvia!

Yaxahkín se frotó los ojos. ¿Estaría soñando?

—Me alegra verte, Ixmuc —dijo Chac, con voz de torrente—. ¿En qué puedo ayudarte? ¿Se agotó el agua de los cenotes o tienen sed las flores de tu jardín?

—No, no —rio la viejecita—, esta vez se trata de mi hijo, Yaxahkín. Necesita maestros. No es mucho lo que yo puedo enseñarle.

Con su fuerte brazo, Chac rodeó los hombros del joven. Éste sintió como si estuviera bajo un aguacero.

—Yo regalo lluvia a los campos y doy vida a la tierra, lo purifico y limpio todo. Te enseñaré a perdonar y a dar para recibir, Yaxahkín, a fluir hacia tu destino para que seas feliz.

—Gracias, Chac —murmuró Yaxahkín sacudiéndose el agua.

Ixmuc se preparó para invocar al siguiente maestro. Se acercó al pergamino extendido en el suelo y, brincoteando en círculos a su alrededor, pronunció las palabras mágicas:

Holi... holi... holi...
huqui – huqui – ná.
Agua, Aire, Fuego y Tierra
que aparezcan ya.

El torbellino violeta dio vueltas y más vueltas como puerta giratoria. De pronto, se abrió de par en par dándole paso a un espectacular gigante con cuerpo de tornado y cabellos de ventarrón que ondulaban sin cesar.

Yaxahkín corrió hacia los árboles, y se escondío detrás de una ceiba. La luna, se ocultó tras una nube.

Agarrándose las enaguas que papaloteaban con el viento, Ixmuc se adelantó a recibir al inquieto torbellino.

—¡Ah!, el gran Pauahtún, uno de los cuatro dioses del aire. Bienvenido seas al bosque de Uxmal, siempre y cuando no causes destrozos, ¿eh?

   Pauahtún, el Viento del Sur, soltó una carcajada, despeinando las copas de los árboles que los rodeaban.

   —Vengo en son de paz, Ixmuc, respondiendo a tu llamado —y en voz baja añadió travieso—: ¿acaso quieres que arrase con el rey Tutul y todos sus secuaces? Veo que Chac está presente, si

quieres, mandamos llamar a Huracán y entre los tres podríamos...

—No, Pauahtún, no —se apresuró a aclarar Ixmuc—. Esta vez requiero tus servicios como maestro y consejero de mi hijo Yaxahkín.

—Encantado. Pero, ¿dónde está ese hijo tuyo?

Ixmuc lo buscó con la mirada sin encontrarlo.

—¡Yaxahkín!, ¿dónde te has metido?

De atrás de la ceiba apareció el joven, se acercó cautelosamente y tendió su mano a Pauahtún en señal de saludo.

—Mu... mucho... gusto.

El torbellino parlante lo saludó con fuerza y lo envolvió en un efusivo abrazo, haciéndolo girar como trompo, a la vez que reía con su risa de tornado.

—¡Ja, ja, ja, ja! No temas, muchacho. Estoy aquí para ayudarte. Te enseñaré a ser flexible, a aceptar lo que no se puede cambiar. Aprenderás a volar con el pensamiento y llegarás a ser libre como yo, el viento.

Chac aplaudió emocionado, empapando a Yaxahkín, que aún sentía que todo le daba vueltas y más vueltas.

Por tercera vez, la vieja hechicera del bosque se acercó al círculo en donde flotaba el torbellino color violeta.

En lo alto de los árboles, los tecolotes abrieron sus redondos ojos amarillos para no perder detalle.

Holi… holi... hol...

Antes de que pudiera terminar el conjuro, alguien apareció inesperadamente detrás de ella y rio a carcajadas.

—¡Ja, ja, ja, ja, ja!

Ixmuc brincó espantada.

Sobre una roca estaba un hombrecillo flacucho, de ojillos negros picarones y sonrisa malévola, a quien le faltaba pelo y le sobraban orejas. Vestía una túnica muy corta de color amarillo con adornos de color café-cucaracha.

—¡Ja, ja, ja! Generosidad… libertad… ¿para qué nos sirven? Sólo para hacer la vida insípida y monótona.

De un salto se acercó a Yaxahkín.

—Ven conmigo, muchacho. Te enseñaré cosas que a ninguno de esos lelos podría ocurrírseles.

Pauahtún lo reconoció enseguida.

—¡Xibilbá! —exclamó—. ¡El Genio del Mal!

El hombrecito hizo una reverencia y respondió en tono de burla.

—El mismo de ayer, de hoy, y de mañana. ¡Je, je, je!

—¡Fuera de aquí, diablejo! —le ordenó Ixmuc—. Tú no has sido invitado.

—¡Ya verás si te atrapo!—amenazó Chac, a la vez que lanzaba un rayo.

Xibilbá lo esquivó con destreza. Luego rebotó como canica sobre arbustos y piedras, se escondió en el bosque, protestando a gritos

—Esto no se queda así... ¡ya verán!

—Prosigamos —dijo Ixmuc—. No creo que se atreva a regresar.

¡Ahhhh!, pero Xibilbá no se había ido. Trepado en lo más alto de un árbol, observaba todo desde lejos.

Una vez más, la hechicera brincoteó alrededor del círculo.

Holi... holi... holi...
Huqui — huqui — ná.
Agua, Aire, Fuego y Tierra
que aparezcan ya.

La puerta hacia la dimensión de los dioses se abrió una vez más y de ella saltó ¡una chispita!

Todos los presentes la contemplaron estupefactos, se miraron entre sí, y la volvieron a contemplar. ¿¡Esto era un dios o una broma de Xibilbá!?

La chispa empezó a saltar como chapulín hasta que se detuvo enfrente de Ixmuc y ante la mirada atónita de Yaxahkín, se transformó en un ondulante ser de fuego que lucía su penacho de rojas llamaradas.

Los ojos del joven se abrieron redondos, redondos como la luna de plata.

—¡Por supuesto que soy un dios! —aclaró echando chispas—. Soy Kinich-Ahau… señor del sol, del fuego y de la luz del día. ¿A qué o a quién debo tatemar?

—A nada, ni a nadie, Kinich-Ahau —aclaró Ixmuc—. Esta vez vas a hacerla de maestro. Quisiera que le enseñaras a...

Kinich-Ahau interrumpió encendido al rojo vivo.

—¡No me digas que sólo me despertaste para que les enseñe a hacer fogatas o palomitas de maíz!

—Ni lo uno, ni lo otro. Quisiera, Gran Señor de la Luz, que le enseñaras a mi hijo Yaxahkín a ver más allá de las apariencias, a comprender por qué las cosas son como son, a ser justo en sus decisiones.

El ser, hecho de llamas, se agitó, se ensanchó, se alargó y se deslizó hacia el joven.

—¡Será un placer, Yaxahkín! Te enseñaré todo eso y mucho más para que hagas honor a tu nombre y en verdad llegues a ser el sol del bosque y del agua que iluminará Uxmal.

—Trataré de serlo, Kinich-Ahau.

Desde su escondite, Xibilbá observó cómo Ixmuc de nuevo daba de saltitos alrededor del torbellino color violeta que emanaba del pergamino.

Holi... holi... holi...
Huqui – huqui – ná.
Agua, Aire, Fuego y Tierra
que aparezcan ya.

Y entonces, suave y tiernamente, con un murmullo de brisa, ante ellos apareció un ser bellísimo, de cabello suelto y larga túnica verde llena de flores que parecía ser una con el suelo que pisaba.

—Es un honor tenerte entre nosotros, Itzam-Cab-Aín, madre de la fauna,

43

de la flora y de todo cuanto existe
en la Tierra.

—El honor es para mí, Ixmuc. Rara
vez me convocas. ¿Ocurre algo?

—Ocurre que tengo un hijo, Yaxahkín,
que hace muchas preguntas, pero mi
saber es escaso.

—Trataré de darles respuesta.

—Además, quisiera que le enseñaras,
como tú enseñas a las plantitas, a tener
raíces firmes que le den fortaleza y
seguridad en sí mismo.

—No te preocupes, Ixmuc. Yaxahkín
lleva en su corazón las semillas de
todos los valores y las virtudes. Lo
único que debemos hacer es cultivarlas
para que den flor y fruto. ¿No es así,
muchacho?

—Sí, sí, ¡claro! —fue lo único que el
joven logró balbucir, sintiendo que en
su alma algo nuevo germinaba.

La vieja hechicera del bosque de
Uxmal sonrió satisfecha. Los cuatro
dioses más importantes habían
llegado.

—Solamente falta ¡el Maestro de
Maestros! —exclamó Ixmuc—. El ser
humano por excelencia, todo bondad

y sabiduría... ¡el gran Kukulkán, la Serpiente Emplumada!

Se escuchó un "¡Ohhhhhhhhh!" prolongado, que rebotó en cada árbol del bosque.

Todos se acercaron al círculo para recibir a tan ilustre personaje.

Intrigado por lo que estaba pasando, Xibilbá se inclinó sobre la rama en donde estaba trepado y... ¡zas!, ésta se rompió en dos.

Colgando de un brazo, el malévolo geniecillo vio cómo Ixmuc daba la vuelta al círculo, repitiendo las palabras mágicas.

Holi... holi... holi...
Huqui — huqui — ná.
Agua, Aire, Fuego y Tierra
que aparezcan ya.

Pero nada ocurrió. Nerviosa, Ixmuc lo intentó dos, tres veces más, pero nadie salía de aquel torbellino color violeta.

—¡Qué extraño! ¿Por qué no dará resultado? Ayúdenme, por favor. Chac, Pauahtún, Kinich-Ahau, Itzam-Cab-Aín y Yaxahkín se tomaron de la mano y, como niños en recreo, dieron vueltas y más vueltas a la vez que repetían:

Holi... holi... holi...
Huqui — huqui — ná.
Agua, Aire, Fuego y Tierra
que aparezcan ya.

—Como ejercicio esto es magnífico —opinó Kinich-Ahau alrededor de la octava vuelta—, pero mucho me temo que no es la forma apropiada para invocar a Kukulkán.

—¿Y por qué no? —preguntó Yaxahkín.

—Porque Agua, Aire, Fuego y Tierra ya estamos aquí, muchacho.

—¡Cierto, muy cierto! —exclamó la vieja hechicera del bosque—. ¡Con razón el conjuro no funciona para el quinto maestro!

Y entonces, a Ixmuc no le quedó más remedio que hacer algo poco digno de una hechicera que se respete como tal.

Aspiró con todas sus fuerzas y gritó a pleno pulmón:

—¡Kukulkán, ven por favor! ¿En dónde estás?

—Aquí, Ixmuc, detrás de ti,— respondió una voz.

La viejecilla volteó y se encontró cara a cara con ¡la mismísima Serpiente Emplumada! No, no era una víbora, ni tenía plumas de quetzal.

Era un hombre alto, fuerte, rubio, de carismática sonrisa y dulce mirada, que vestía túnica azul.

—¡Kukulkán! Bienvenido seas al bosque de Uxmal. Te llamo porque tengo un hijo que debe aprender "algo más" que solamente leer, escribir y contar.

—No te preocupes, buena Ixmuc, creo que podré enseñarle ese "algo más", aunque no tenga los poderes de los dioses aquí presentes.

Yo sólo soy un simple mortal, un ser humano que intenta demostrar que todo es posible, que si creemos y queremos, podemos hacer cualquier cosa y transformarnos en lo que sea… que a las serpientes también pueden salirles plumas que les permitan volar.

Yaxahkín, que lo escuchaba embelesado, corrió hacia él y lo abrazó.

—¿Y me enseñarás todo eso, Kukulkán? ¿Podré yo también hacer lo imposible?

—¡Claro que sí! Porque en ti y en cada uno de nosotros está el poder que creó al universo.

Su mano se posó en el hombro del joven Yaxahkín sintió que su alma se abría y se extendía como cola de pavorreal.

La viejecita suspiró complacida. Ahora sí, su hijo tendría a los mejores maestros. Con gran cuidado empezó a doblar el pergamino; el torbellino color violeta se hizo delgadito como fideo y desapareció en él.

Y entonces, Ixmuc, gran hechicera pero ama de casa al fin y al cabo, ¡recordó que había dejado los frijoles en la lumbre!

—¡Hijo, corre a la choza o nos quedamos sin cenar!

Rápido como una liebre, Yaxahkín partió de inmediato, seguido a corta distancia por el pícaro Xibilbá, que ya se había bajado del árbol y no se daba por vencido.

No tardó en llegar. El fuego continuaba calentando la enorme olla.

La sopa de frijoles se había convertido en puré.

Yaxahkín sacó el cucharón que había quedado dentro de la olla y apagó el fuego a cantarazos de agua.

—Psssst… psssst… —oyó que le decían en la puerta—. Ven pronto, Yaxahkín, ahorita puedes escapar.

El muchacho giró y descubrió en la penumbra la orejona silueta de Xibilbá.

—Vete, no quiero nada contigo.

Instintivamente, Yaxahkín agarró el cucharón para defenderse.

Fingiendo ser su amigo, el geniecillo trató de convencerlo.

—¡Pobre de ti! —le dijo confidencialmente—. Tener que soportar a gente tan aburrida y anticuada como ésa. Te darán lecciones de ética, de estética, de virtud y de moral, de chocante valentía, de locuaz sabiduría… ¡de bondad!

Entusiasmado por su propio discurso, Xibilbá saltó y giró haciendo muecas, a la vez que remedaba con burlón sonsonete:

—*Que no subas los pies, ni pongas así las manos. Si te pica, no te rasques y si te duele, no te quejes. Sé valiente, ¡ja ja ja!, sé humilde ¡jo jo jo!, sé sincero, justiciero, honradito y bonachón.*

Yaxahkín se hizo el sordo.

Xibilbá se desesperó.

—¿Es que no te das cuenta? Harán de ti un hombre recto, cumplido y formal. ¡Qué asco!

El Genio del Mal lo agarró por un brazo.

—Ven conmigo, muchacho, aún estás a tiempo. Te llevaré al palacio del rey Tutul —¡ése sí es de los míos! —y conocerás a la bella Ixnahli, una doncella que hizo prisionera. ¡Está de perder el sueño!

A jalones y empujones, Xibilbá intentó sacar al joven de la choza. Éste se defendió con lo único que tenía a la mano y en la mano: ¡el cucharón predilecto de Ixmuc!

—¡Suéltame, Xibilbá! ¡Déjame! ¡Largo de aquí y no vuelvas más!

Los cucharonazos llovieron sobre la delgaducha figura del hombrecillo orejón.

—¡Ayyyy! ¡Está bien, está bien! Me voy. ¡Ayyyyy! Pero volveremos a encontrarnos, y entonces... ¡yo seré el vencedor!

Adolorido y humillado, con tres redondos chichones en la cabeza, Xibilbá desapareció entre las sombras de la noche.

Yaxahkín quedó pensativo.

—No te saldrás con la tuya, Xibilbá —murmuró entre dientes—. Seguiré los consejos de mis maestros y aprenderé lo más que pueda. Entonces me enfrentaré al rey Tutul y liberaré a Ixnahli. ¡Ahhh... cómo me gustaría poder hacerlo ahora mismo!

Desesperado y molesto, Yaxahkín repartió golpes al aire, como si aún tuviese enfrente al picarón de Xibilbá, o al mismísimo rey de Uxmal.

Pak-tok-pum-cuas... los cucharonazos sonaron por todos lados: contra la puerta, en el cofre, en la pared. De pronto, uno rebotó con fuerza en la olla de cobre.

¡BOOOOOOOOMMMMMM!

El golpe retumbó como el trueno, creció, se ensanchó... se alargó... se extendió por la comarca y se escuchó en todos los rincones de la tierra del Mayab.

Yaxahkín no sabía qué hacer, si esconderse, taparse los oídos o echarse a correr. Así pues, permaneció inmóvil junto a la olla, cucharón en mano.

Allí lo encontraron Ixmuc y los cinco maestros, cuando llegaron, sin aliento, después de la veloz carrera.

—La profecía se ha cumplido —dijo Ixmuc, abrazando a su hijo—. Tú has sido elegido para gobernar el reino de Uxmal.

—¿¡Yoooooo?! Pero si solamente le di a la olla con el cucharón...

—¿Solamente? ¡Pues vaya revuelo el que has armado! Ahora tienes que presentarte en el palacio real.

El reluciente penacho de Kinich-Ahau se agitó en la penumbra.

—Te acompañaremos, Yaxahkín. Nos haremos invisibles a otros ojos, únicamente Ixmuc y tú podrán vernos.

—Gracias, maestros... gracias, amigos. Pero no es necesario que me acompañen. ¡Yo sólo me enfrentaré a Tutul!

—¡Ja! No lo conoces, hijo.

Kukulkán sonrió comprensivo y mejor guardó silencio.

—No, Yaxahkín —dijo Pauahtún—. Hay cosas que puedes y hasta debes hacer tú sólo, pero enfrentarte a Tutul no es una de ellas. Recuerda que tiene a Xibilbá como consejero.

—Por mucho que sepamos, por muy fuertes que seamos, todo resulta mejor cuando contamos con el apoyo de los demás —le recordó sabiamente Itzam-Cab-Aín.

—Iremos contigo —ofreció Chac—, pero antes debes prepararte. No será nada fácil quitarle el mando a Tutul, pero créeme, tú serás el futuro Ah-Kín, el próximo Gran Señor de Uxmal.

Un relámpago y un trueno sellaron la promesa.

En los días que siguieron, Yaxahkín se dedicó a aprender lo más que pudo de sus extraordinarios maestros.

Chac, dios de la lluvia, le enseñó a tener generosidad.

—En este mundo redondo, todo da la vuelta —le dijo—. Lo que siembras, cosechas; lo que das, recibes. Tal como la nube que le regala agua a la tierra y ésta se la regresa convertida en vapor. Si quieres ser feliz, haz felices a los demás.

De Pauahtún, dios del aire y del viento, Yaxahkín aprendió a tener flexibilidad, a ser como una caña que se dobla ante el mal tiempo sin quebrarse, y se endereza cuando sale el sol. También aprendió a no encapricharse con nada, ni con nadie.

—Las personas y las cosas no te pertenecen —subrayó Pauahtún con un fuerte soplido—. Lo único que es tuyo son tus vivencias, lo que llevas grabado en tu corazón.

Kinich-Ahau, señor del fuego y de la luz, le enseñó a tener claridad, a ver las cosas tal como son para elegir el mejor camino.

—No juzgues a otros por las apariencias. Trata de captar su esencia y ponte en el lugar de los demás

—chisporroteó ondulante—. Solamente así podrás ser justo sin "quemar" a nadie.

El aprendizaje con Itzam-Cab-Aín fue para Yaxahkín un verdadero día de campo. Sentados sobre la hierba, la madre naturaleza le explicó que nuestro planeta Tierra es un organismo viviente, y nosotros, al igual que todo cuanto existe, somos las células que forman ese cuerpo cósmico.

—Tú, como ser humano —le dijo— eres lo más avanzado de la Creación y tienes la responsabilidad de ser guardián de la vida. Si se destruyen las plantas y los animalitos, también se destruirá el mundo que te sostiene.

También Kukulkán tenía muchos secretos que revelarle. De él aprendió Yaxahkín que vivimos en un mundo mágico, el cual está lleno de infinitas posibilidades.

—Cualquier sueño puede realizarse, cualquier deseo cumplirse, si lo anhelas con todas las fuerzas de tu alma y si trabajas para lograrlo —explicó la Serpiente Emplumada—. Nunca pierdas la esperanza. Ten fe en ti y en el gran dios creador del universo, porque si dejas de creer, la magia no funciona.

Yaxahkín escuchó con atención, lo anotó en su mente y guardó para siempre las enseñanzas de los dioses en lo más profundo de su corazón.

Pero, ¿qué había pasado allá en el palacio real desde que aquel ¡BOOOOOOOOMMMMMM! retumbara en toda la región?

Al oírlo, Tutul había hecho la rabieta más grande de su vida: se tiró al suelo, se arrancó los pocos cabellos que le quedaban y pateó cuanta cosa había a su alcance, jurando por su tribu, la de los tutulxiú, que jamás entregaría el trono.

Pero al ver que los días se deslizaban con rapidez y que el responsable no se presentaba, se consoló pensando que tal vez había caído en un cenote, que se lo había tragado un cocodrilo, que en el camino lo había picado una víbora o que, simple y sencillamente, ignoraba lo de la profecía.

Más animado, el rey volvió a disfrutar de los privilegios de su cómoda e inútil existencia: dormía largas siestas, tomaba baños de sol, de luna y de agua de orquídeas, y contemplaba extasiado su fabulosa colección de chacharillas de oro con piedras preciosas. Ahhh... y comía cacahuates, cientos y cientos de semillas que le eran llevadas de otras regiones, mientras que sus súbditos se conformaban con masticar semillas de calabaza.

Una tarde, cuando compartía su platillo favorito con su guacamaya favorita, escuchó que los centinelas anunciaban la llegada de un nuevo visitante.

Tu...tu...tu...tu...tu...tuuuuuuuuul...

Tutul no le dio importancia; continuó pelando cacahuates y arrojando las cáscaras al suelo, las cuales debían ser levantadas por Ixnahli, la doncella que había hecho prisionera y que debía permanecer de rodillas junto al trono.

Cocozom entró más aprisa que de costumbre y se inclinó ante el soberano. En sus ojos jugueteaba una luz muy extraña. Parecía como si una sonrisita traviesa se hubiera colado en su mirada.

—Ixmuc y su hijo Yaxahkín desean veros, oh, Gran Señor.

Tutul bostezó aburrido, acarició su traje de piel de jaguar y jugó con su verde tocado de plumas de quetzal.

—¿Ixmuc? ¿Yaxahkín? No los conozco. ¿Vendrán acaso del Quiché o de Chichén Itzá atraídos por mi fama?

—No, majestad. Se trata de la vieja hechicera del bosque y de su hijo.

El pensamiento del monarca se deslizó por el tobogán del tiempo, zambulléndose en los recuerdos de veinte años atrás.

—¡Ahhh! La que inventó aquella sarta de tonterías para explicar mi sueño.

—La misma, excelentísimo, pero esta vez ¡viene con su hijo... con su hijo! —insistió Cocozom, muy impresionado.

—Bien. Si vienen a pagar sus impuestos, que pasen. Si quieren presentar alguna queja, ¡que regresen cuando los sapos aprendan a volar! ¡Jo, jo, jo, jo!

—¡Jo, jo, jo, jo! —rio también la guacamaya.

Tutul festejó su brillante ocurrencia echándose a la boca otro puñado de cacahuates, le dio cuatro a la guacamaya y aventó las cáscaras lo más lejos que pudo.

Ixnahli suspiró resignada y se apresuró a recogerlas.

—No vienen a pagar impuestos, ni tienen queja alguna —aclaró Cocozom y sin poder disimular su alegría, agregó—: ¡El joven Yaxahkín viene a reclamar el trono de Uxmal!

Tutul se atragantó con los caca
y tosió desesperado.

—Que viene a ...¡cof, cof, cof!... ¡¿a
queeeeé?!... ¡cof, cof, cof, cof!

—A reclamar el trono, majestad
—confirmó Cocozom, mientras
saboreaba cada palabra como si fuera
de melcocha.

El rey se puso morado de la tos y del
coraje. ¡Nooo! ¡Jamás permitiría que un
muchachito con taparrabo de manta se
lo arrebatara!

—¡Xibilbá!... ¡cof, cof, cof!...
¡Ayúdame, por favooooor!... ¡cof,cof,cof!
—gritó tan fuerte como pudo, a la vez
que corría como tortuga reumática hacia
sus reales aposentos.

El Genio del Mal salió gateando de
abajo de la cama y creyendo que el rey
sufría un ataque de asfixia, le dio
tremendos golpes en la espalda.

¡Paffff... paffff... paffff... paffff!

—¡Ayyy… ayyy… ayyy… ayyyy!
¡Detente, condenado demonio! ¡cof, cof,
cof! No te necesito para eso. ¡Olvida mi
tos! ¡Cof, cof, cof!

—¿Entonces?

—¡Un tal Yaxahkín ha llegado a reclamar el trono! —chilló angustiado el monarca—. Dime qué hago, ¡cof, cof!

—Con gusto —dijo el geniecillo—. Ya es tiempo que pague por los cucharonazos que me dio.

—¡¿Cucharonazos?! ¿Cuáles, cuáles? ¿Dónde? ¿Cuándo? ¿Cómo fue?

—Prefiero no hablar de ello —replicó tan digno como pudiera hacerlo un diablejo—. Lo que importa es deshacernos de él para siempre.

Entre susurros, risitas y cuchicheos, Tutul y Xibilbá idearon los planes más siniestros.

—Primero, tú vas a decir que ...bbbzzzzzzzz... bbbzzzzzzzz... él no se negará y entonces... bbbzzzzzz... bbbzzzzzz... bbbzzzzzzzz...

—¡Genial! Y por eso ...bbbzzzzzz... bbbzzzzzz... bbbzzzzz... en algo ha de fallar y será su fin... ¡ja, ja, ja!

Habiendo recobrado la real compostura, el rey se acomodó de nuevo en su trono.

—Cocozom, hazlos pasar —ordenó entonces.

Xibilbá se escondió rápidamente detrás del trono.

La guacamaya no dijo nada porque tenía el pico lleno de cacahuates.

El guardia regresó seguido por Ixmuc, Yaxahkín y los cuatro maestros que se habían hecho invisibles. El quinto de ellos, Kukulkán, no tuvo más remedio que ocultarse detrás de una columna, como cualquier mortal. La viejecilla se inclinó ante el soberano.

El joven contempló embelesado a Ixnahli, quien le sonrió tiernamente y continuó recogiendo cáscaras de cacahuate como si fueran los pétalos de una flor.

—¿Eres tú quien pretende haber cumplido las condiciones de la profecía? —vociferó el rey Tutul.

Yaxahkín dejó de contar los latidos de su corazón, volvió a la realidad y dio un paso adelante.

—Sí, majestad. Fui yo quien produjo el sonido que se oyó en toda la región del Mayab.

—¿Ah, sí? ¿Y con qué lo hiciste, se puede saber? ¿Con algún extraño instrumento musical, o con un artefacto mágico quizás?

—No, Gran Señor. Con un cucharón de madera y la olla de cobre donde cocinamos los frijoles.

Olvidándose de los buenos modales y del protocolo real, Tutul pataleó furioso. —¡¿Que queeeeeeé?! ¡Qué humillación! ¡Qué ridículo! ¡Por culpa de un cucharón y una olla estoy a punto de perder mi reino!

—¡Reino... reino! —chilló la guacamaya, imitando la voz del rey.

—Yo diría que ya lo has perdido, Tutul —rectificó Ixmuc.

—¡Ahhh!, eso está por verse. ¿Cómo sé yo que este joven me está diciendo la verdad? ¡No puede comprobarlo! Así que, antes de entregar mi trono y mi corona, tu hijo debe cumplir con ciertos requisitos. Pasar algunas "pequeñas" pruebas, fáciles e inofensivas, por supuesto, ¡je, je, je!

—En el *Libro de las profecías* no se hace mención de ello —aclaró Ixmuc.

—¡Pero lo digo "yo", y aún soy el rey! ¿o no? Por lo tanto, aquí y ahora mismo "profetizo", que aquel que reclame el trono de Uxmal, ha de pasar varias pruebas... y con puro diez.

—Pero majestad...

—¡Shhhhh!, mejor no digas nada, madre. Que se haga como él ordena. No le temo —murmuro Yaxahkín.

Radiante, Tutul se frotó las manos y le guiñó un ojo al diablillo que espiaba oculto tras del trono. Los centinelas soplaron con fuerza sus enormes caracoles, anunciando que las pruebas iban a comenzar.

¡Tu... tu... tu... tu... tu... tuuuuuuuulll!

El rey quedó tan complacido con la nueva versión, que les repartió los cacahuates que iban a ser para la guacamaya. Luego proclamó en voz alta.

—Hoy, día Oc del mes de Yax, este joven llamado... llamado...

—Yaxahkín, Señor —le recordó quedito Cocozom, sin percatarse de que el rey lo había hecho a propósito para restarle importancia.

—Ah, sí, Yaxahkín —prosiguió Tutul—, que dice haber cumplido con la profecía y reclama el trono de Uxmal, acepta someterse a las diez pruebas requeridas para que los dioses decidan si en verdad es el elegido.

La guacamaya frunció el pico y no hizo comentario alguno, enojada porque el rey le había regalado sus cacahuates a los centinelas.

—¡Diez pruebas! —exclamó Ixmuc—. Son muchísimas, hijo.

—Tranquila, madre, nada resulta imposible cuando uno quiere hacerlo y cree que puede —le recordó Yaxahkín, sonriendo con ternura.

Escondido atrás de la columna, Kukulkán también esbozó una sonrisa. ¡Su alumno estaba aprendiendo!

Y entonces, el rey Tutul desenrolló un manuscrito hecho de corteza de árbol y leyó —lento y con mucha dificultad, ya que no había pasado de tercer grado— los jeroglíficos y garabatos que Xibilbá había escrito.

—*"Antes de que el sol llegue al centro del cielo, quien pretenda gobernar Uxmal deberá haberle dado respuesta a la adivinanza que el rey en turno le diga, y haber conseguido una piedra mágica y un animal que desafíe las leyes de la naturaleza".*

—¿Todo eso? —murmuró Ixnahli, preocupada. Pero Yaxahkín no pareció inmutarse.

—Intentaré cumplir, majestad. Decidme, pues, la adivinanza.

—Pon atención, muchacho.

El rey consultó de nuevo el manuscrito, ya que ni siquiera había podido aprendérsela de memoria, y leyó, muy mal, pero leyó:

Qué será, qué será,
una cosa que aquí está,
no es dura, no es blanda,
crece y crece, pero no anda,
no se come, no se bebe,
está abierta y no se mueve,
no se compra, ni se da,
no es fría, ni caliente,
y el que la halla de repente
cuanto tenga perderá.

Todos quedaron boquiabiertos, ¡hasta la guacamaya! ¡Estaba dificilísima! ¡Jamás podría adivinarla!

Xibilbá sonrió de orejota a orejota.

—Piensa, Yaxahkín, piensa —recomendó sarcástico el rey Tutul—. Aquí te espero de regreso antes del mediodía para que me des la respuesta y me traigas lo que te pedí.

Con un "ja, ja, ja" estruendoso, el monarca bajó de su altísimo trono y, seguido de Cocozom y la bella Ixnahli, desapareció por un corredor, con su guacamaya al hombro.

Ixmuc y Yaxahkín caminaron hacia la salida, escoltados por los dioses invisibles. Kukulkán los encontró más tarde, a orillas de un riachuelo, donde comentaban lo sucedido.

—Por más que le doy vueltas, no sé qué podrá ser —dijo Chac—, y eso que soy buenísimo para las adivinanzas. ¡No saben cuántas he escuchado decir a los niños, cuando se entretienen en las tardes de lluvia!

—A mí lo que más me preocupa —confesó Itzam-Cab-Aín —es lo de la piedra mágica y lo de ese animalito que desafía mis leyes. ¡No sabía que existieran!

—Tal vez no existen —exclamó Pauahtún —y el rey quiere que Yaxahkín pierda el tiempo buscando.

—¡Ya sé! —dijo el joven. Mi madre, con su magia, puede hacer que aparezca alguna piedra fantástica, a Itzam-Cab-Aín no le costaría trabajo crear ese animalito extraordinario y Chac puede averiguar con los niños la respuesta a la adivinanza.

Kukulkán se le quedó viendo con esa mirada suya que hacía cosquillas en el alma.

—¿Ah, sí? Y mientras tanto, ¿tú qué harías, Yaxahkín?

—¡¿Yooo?! Pues, este... je, je...
Itzam-Cab-Aín lo tomó de la mano.

—Sería muy fácil hacer todo lo que nos pides, pero en vez de ayudar, te estaríamos perjudicando, Yaxahkín, tú no harías el esfuerzo que se necesita para crecer por dentro.

—Los dioses únicamente intervenimos cuando los mortales ya no pueden más —dijo Kinich-Ahau —, pero no te preocupes, creo que sé dónde puedes hallar esa piedra mágica.

—¿Dónde, Kinich-Ahau, dónde?

—En una profunda barranca en la región de Simojovel, allá, junto al mar. He oído decir que allí hay piedras muy extrañas color de sol, que son calientitas y no pesan casi nada. ¡Qué tal si son mágicas!

—¿Oíste, madre? ¡Debemos ir allá!

—¿"Debemos", hijo?

—Bueno, debo ir allá y encontrar esas piedras ¿A qué distancia dices que está la barranca?

—¡Uuuuuy!, lejísimos de aquí, en la región de los chamulas. A pie harías tres o cuatro días.

—Pero si yo te llevo, llegarías en tres o cuatro minutos —ofreció Pauahtún, y dirigiéndose a los otros dioses, añadió—: ¿Se vale, no? ¡El chico no puede volar!

—¡Claro que se vale, Viento del Sur! —rio Kinich-Ahau—. Y también se vale que yo los acompañe. Soy el único que conoce el lugar.

—Pues yo también voy, se valga o no —interrumpió Kukulkán—. Hace tiempo que quiero conocer la región.

—¿Vienes con nosotros, madre?

—¿¡Y ser arrastrada por los aires!? No, ya no estoy para esos trotes, más bien, para esas volteretas, ¡je je! Aquí los espero. Pero llévate mi morralito con papadzules por si se les antoja en el camino.

Yaxahkín se sintió como niño chiquito a quien obligan a arroparse.

—Este... ejem... gracias —dijo cruzándose el morral al hombro—, pronto volveremos con la piedra mágica, ¡si es que la encuentro!

—La encontrarás —dijo Kukulkán—. Si la das por hecho, cualquier cosa que desees llegará a cumplirse. Todo es posible.

Pues ojalá y me sea posible recordar la respuesta a esa adivinanza —exclamó Chac—. ¡Estoy segurísimo de saberla!

Y el dios de la lluvia se puso a pensar y a pensar mientras caminaba de aquí para allá y de allá para acá, por todos los maizales, en donde, según dicen, llovió como nunca.

—Ve tranquilo, Yaxahkín —dijo Itzam-Cab-Aín—, me quedaré acompañando a Ixmuc y revisando la lista de todas las criaturas que existen, ¡a ver si doy con ese animalito extraordinario!

Acto seguido, sacó de su túnica un pequeñísimo rollo hecho con pétalos de flor, que al desenrollarse se convirtió en una lista que medía kilómetros y kilómetros de largo. En ella estaban escritos, en letras de oro, los nombres de todas las especies animales creadas por el gran dios.

Mientras Itzam-Cab-Aín los revisaba, uno por uno, Pauahtún se acercó a Yaxahkín y Kukulkán.

—Es hora de partir —les recordó—. No teman... déjense llevar por mí.

Y diciendo esto, el dios del Viento del Sur los envolvió en sus enormes brazos y comenzó a girar y a girar, haciéndose más y más grande hasta convertirse en un gigantesco tornado en cuyo centro flotaban cómodamente Kukulkán y Yaxahkín.

—¡Guíanos, Kinich-Ahau, te seguimos!

El dios del fuego y del sol se condensó en un hermoso rayo de luz, el cual se desplazó por el firmamento rumbo a la costa, seguido muy de cerca de aquel extraño tornado que llevaba consigo a la gran Serpiente Emplumada y a un joven muy valiente llamado Yaxahkín.

No tardaron en llegar a Simojovel.

Sin poder contener su curiosidad, Kukulkán hizo a un lado, tantito, la espesa cortina de aire que los sostenía y miró hacia abajo. ¡Estaban volando altísimo! ¡Qué pequeñito se veía todo allá abajo! El bosque parecía una hortaliza y las olas del mar, una franja de fino encaje que engalanaba la playa.

—Todo es posible —murmuró para sí—. Después de esto que nadie diga que las serpientes emplumadas no vuelan.

De pronto, el rayo de luz se detuvo encima de una barranca e hizo señales luminosas. Pauahtún vio las piedras de inmediato.

—¡Prepárense para aterrizar! —gritó.

El tornado se echó un clavado hacia la playa, a la vez que se hacía más y más pequeño. Los "pasajeros" salieron disparados y fueron a dar a un montículo de arena: ¡¡baaaammmm!!

—¿E-e-estás bien, Kukulkán? —preguntó Yaxahkín, sacudiendo su manta y su taparrabo.

—Creo que sí, algo "desplumado", pero me repondré —rio aquél.

—Ustedes perdonen, pero los aterrizajes nunca me salen bien. ¡No sé por qué siempre arraso con todo! —se disculpó Pauahtún.

Kinich-Ahau no tardó en unírseles.

—Ven, Yaxahkín, por aquí podrás bajar al fondo de la barranca. ¡Allí están las piedras color de sol!

Pero la bajada no era fácil. ¡No había por dónde!

—¿Y si brinco hasta el fondo?

—Podrías romperte un hueso.

—¿Y si bajo por una cuerda?

—No tenemos ninguna.

—Entonces, ¿¡qué hago!?

—Te ayudaré, Yaxahkín —ofreció Kinich-Ahau—. En este caso está permitido. Y sin más ni más, el dios del sol y del fuego se convirtió en un rayo de luz que adoptó la forma de un graderío resplandeciente que llegaba hasta el fondo de la barranca.

Yaxahkín bajó en un dos por tres y sin dificultad alguna.

—Vaya, vaya —dijo Kukulkán—, esta gracia tuya no la conocía, Kinich-Ahau. ¿Dónde la aprendiste?

—Subiendo y bajando pirámides —respondió éste—. Me sé cada escalón de memoria.

Yaxahkín no tardó en subir. En sus manos llevaba una preciosa piedra transparente de color amarillo-sol.

—¡La encontré, la encontré! ¡Es calientita y no pesa nada!

Kukulkán la examinó con cuidado.

—Se llama ámbar —dijo—y es nada menos que la savia de los pinos que con el tiempo se petrificó. Posee una gran energía magnética y si la pones al fuego, se derrite. Creo que algo más mágico que esto no vas a encontrar.

Yaxahkín suspiró aliviado. ¡Por lo menos pasaría una de las pruebas! ¿Tendría ya Chac la respuesta a la adivinanza? ¿Habría descubierto Itzam-Cab-Aín cuál animalito desafía las leyes de la naturaleza?

No. Chac continuaba inundando los maizales sin dar con la respuesta e Itzam-Cab-Aín seguía consultando su kilométrica lista.

Así los hallaron Kukulkán, Pauahtún y Yaxahkín al regresar con la piedra mágica.

—¡La encontramos! —exclamó el joven, mostrándola con orgullo.

—¡Es bellísima, hijo!

—Será tuya, madre, después de que se la muestre al rey Tutul. Y tú, Chac, ¿cómo vas con la adivinanza?

—Me da pena admitirlo, pero no le atino, Yaxahkín.

—Yo tampoco he podido averiguar si ese animalito existe o no —se disculpó Itzam-Cab-Aín.

—Y entonces, ¿qué haré? El sol no tardará en llegar a la mitad del cielo.

—¿Quieres que se tarde un poco más? —ofreció Kinich–Ahau en tono confidencial.

A los maestros se les encogieron las túnicas de la impresión.

—¿¡Cómo!? ¿Has hecho que el sol se retrase? ¡Eso no está permitido! ¡Bien sabes que no debemos "meter nuestra cuchara" en asuntos astrales!

—¡Ay!, ¿qué tanto es tantito? De no haberlo hecho, Yaxahkín ya estaría derrotado.

—Pues si he de perder, que así sea. ¡Me presentaré ahora mismo ante el rey Tutul, y si en verdad he sido elegido para gobernar Uxmal, el gran dios del cielo de seguro me ayudará!

Dicho esto, el joven emprendió el camino hacia el palacio a paso acelerado. Los dioses se le unieron de inmediato.

—¡Espera, hijo! ¿Y la adivinanza? ¿Y el animalito extraordinario?

—¡Apresúrate, Itzam-Cab-Aín! —suplicó Kukulkán.

—Adelántense, yo los alcanzo. Ya casi termino de revisar mi lista.

Y zigzagueando por la espesura, atravesaron el bosque y se dirigieron presurosos rumbo al palacio real.

—Qué extraño —murmuró el rey Tutul, apoyado en el barandal del balcón—, el día se me ha hecho más largo que de costumbre. ¡El sol casi no se mueve! Ya debería de haber llegado al centro del firmamento.

—Y Yaxahkín ya debería de estar aquí, majestad —dijo Cocozom.

—¡Ja! Pero no está, por lo tanto, ya perdió.

—¡Ja! Pero la puerta se está abriendo. Creo que ya llegó.

Tutul corrió a sentarse en su trono, ¡no fuera a ser que se lo quitara!

Mientras, Cocozom corría a recibir al joven.

83

Ixnahli se arregló el cabello y sonrió, emocionada.

Los centinelas anunciaron a los visitantes:

¡Tu...-tu...tu...tuuuuulllltutullllll!

El rey sonrió doblemente complacido y les regaló la mitad de los cacahuates, olvidándose de la guacamaya. Ésta lo miró feo, muy feo, y en vez de pararse en el hombro real, se acomodó en el de Ixnahli, que le acarició su bello plumaje.

Y justamente cuando el sol llegaba a la mitad del cielo, Yaxahkín se presentó ante el rey acompañado por Ixmuc, sus invisibles maestros y Kukulkán, que rápidamente se ocultó detrás de la columna.

Tutul frunció la boca como si chupara membrillo.

—Y bien, ¿tienes ya la respuesta a la adivinanza? ¿Pudiste traer lo que te ordené?

—¡Aquí está la piedra mágica, majestad! —se apresuró a decir Yaxahkín, a la vez que se la mostraba—. Se llama ámbar, siempre está calientita y no pesa casi nada y, si la frotamos así, sucede ¡esto!

Yaxahkín frotó el ámbar, lo pasó sobre su cabeza y ¡enseguida se levantaron todos sus cabellos!

—¡Ohhhhhhhh! —exclamaron los presentes, incluso los centinelas.

—¡Ohhhhhh! —exclamó a su pesar Xibilbá oculto detrás del trono.

—Mmmm... no está mal —dijo el monarca—. Pero ¿dónde está ese animalito extraordinario?

En ese preciso instante, Itzam-Cab-Aín, allá en el bosque, encontraba, por fin, en su larguísima lista, el nombre tan buscado.

—¡Lo tengo, lo tengo! —exclamó—. Ojalá llegue a tiempo.

Y a la velocidad del pensamiento, la diosa de la tierra se trasladó al palacio real, justo cuando Yaxahkín respondía:

—Pues... ejem... ese animalito que desafía las leyes de la naturaleza es... es...

Escondido detrás de la columna, Kukulkán contuvo la respiración y cruzó los dedos.

Xibilbá, asomando un ojito y una orejota, sonrió con malicia disfrutando anticipadamente la derrota de Yaxahkín.

Itzam-Cab-Aín parpadeó con rapidez y al instante, sobre Tutul apareció volando ¡un abejorro!

—Es... es... ¡un abejorro, majestad!, ¡y allí está, volando sobre vuestra cabeza!

—¿¡Un abejorro!? —dijo azorado el rey, mirando hacia arriba.

—¿¡Un abejorro!? —repitieron todos, incrédulos.

—Sí, un abejorro es extraordinario porque... porque...

El gracioso bicho voló justamente ante los ojos del joven y se mantuvo en un mismo lugar, batiendo sus alitas con dificultad.

—¡Porque vuela! —exclamó Yaxahkín—, cuando supuestamente no debería hacerlo, pues su cuerpo es bastante gordo y pesado, y sus alitas, muy pequeñas.

—Entonces, ¿cómo es que vuela? —quiso saber Tutul.

—Porque no sabe que no puede hacerlo. Él cree que sí puede, por eso vuela.

—¡Jum! Debo admitir que en verdad éste es un animalito excepcional —aceptó Tutul y añadió—. Has pasado ya dos pruebas. Estoy ansioso por escuchar la respuesta a la adivinanza.

—Dios de todos los dioses —pensó Yaxahkín—. ¿Cómo le haré para adivinar?

Tan nervioso estaba, que metió la mano en el morralito, en busca de un papadzul que pellizcar, pero no encontró ninguno. Solamente había un agujerote por donde se habían caído todos. ¿Un agujerote? ¡Sí! ¡Eso era!

—¡Ya tengo la respuesta, majestad! —Yaxahkín habló rapidísimo, como si dijera un trabalenguas.

— *Esa cosa que aquí está, que no es dura, que no es blanda, que crece y crece pero no anda, que no se come, no se bebe, que está abierta y no se mueve, que no se compra, ni se da, que no es fría ni caliente, y el que la halle de repente cuanto tenga perderá...* es: ¡El agujero!

— ¡Agujero, agujero! —gritó la guacamaya, pero tampoco le dieron cacahuates.

A Xibilbá, oculto detrás del trono, por poco le da el ataque. ¡El muchacho había adivinado la adivinanza más difícil de adivinar y, además, se la sabía de memoria!

—Está bien —dijo molesto Tutul—, le has atinado a tres de las pruebas —y añadió maléfico—. ¿Quieres saber cuál es la cuarta?

—¡Claro que sí! Estoy dispuesto a pasarlas todas.

—¡No me digas! Pues a ver si puedes con ésta.

Y señalando el bloque de cantera que sostenía el trono, retó a Yaxahkín.

—Si en verdad aspiras a ser gobernante de Uxmal... ¡deja estampada en esta piedra la huella de tu mano!

—Pero, Señor... eso es impos...

Desde su escondite, Kukulkán le sonrió recordándole que "si creemos que podemos, todo es posible".

Una fuerza extraña se apoderó del joven.

—Es imposible, ¡pero lo haré! ¿Cuál mano quieres que deje grabada, Tutul, la izquierda o la derecha?

Al rey se le fue el aliento. ¡Lo había desafiado, lo había tuteado y no le había dicho "majestad"! ¡Lo pagaría muy caro el mozalbete!

—¿Qué te parece si las dos manos? —dijo con lentitud.

Xibilbá aprobó en silencio, moviendo repetidas veces su cabeza como si fuera de resorte.

A Cocozom le dio hipo.

Los dioses voltearon a ver a Kukulkán, que frunció el ceño, preocupado. Ixnahli cerró los ojos, rogándole al gran dios del cielo que ayudara a Yaxahkín.

Solamente Ixmuc estaba tranquila, ¡ella tenía fe en su hijo!

—Las dos serán —dijo Yaxahkín, con una firmeza que no le conocían.

"Si quiero, puedo, si creo que puedo, lo hago", se repitió mentalmente.

Aspiró profundo, se frotó las manos y con tremenda fuerza las estampó contra la piedra sintiendo que éstas se hundían en la dura cantera. ¡Y allí quedaron marcadas para siempre!

Nadie podía creer lo que veía: ¡lo había logrado!

Los maestros aplaudieron en silencio.
Ixmuc corrió a abrazar a su hijo,
mientras Tutul corría a lamentarse
con Xibilbá.

—¿Te fijaste? ¡Dejó las huellas de sus
manos en mi trono!

—¡Asombroso! —reconoció el genio
del mal—. Pero te aseguro que en
alguna de las siguientes pruebas fallará.
Ninguno de los mil demonios que
conozco ha podido con ellas.

El rey Tutul ocupó de nuevo el trono
fingiendo una tranquilidad que no
sentía.

—Pasaste la cuarta prueba, muchacho,
y lo hiciste bastante bien, debo

admitirlo. ¿Estás listo para la quinta prueba?

—Lo estoy. Dime qué debo hacer.

—Ven conmigo y lo sabrás.

El rey Tutul bajó de su altísimo trono con gran parsimonia, y se dirigió a la terraza seguido de Cocozom, Ixnahli, Ixmuc, Yaxahkín y los dioses invisibles. ¡Ahhh!, y su guacamaya favorita, que no perdía la esperanza de obtener su ración de cacahuates importados.

Rápidamente, Kukulkán se cambió de columna para no ser descubierto, mientras Xibilbá, desde su escondrijo, asomaba una oreja y luego un ojo tratando de ver mejor.

Tutul señaló hacia el norte.

—¿Ves aquella hondonada cerca de la entrada del palacio?

—La veo, Señor.

—Pues quiero que se transforme en una laguna. Si no puedes cumplir con la tarea antes de que el sol se oculte, tampoco podrás reclamar el trono de Uxmal.

Xibilbá sonrió con malicia.

Yaxahkín palideció. ¡No creía poder hacer eso! Con la mirada le suplicó ayuda al dios de la lluvia, que asintió en silencio.

—Pero, majestad, ¡lo que pedís es imposible! —alegó el bondadoso Cocozom.

—Tú cállate y ve por algún cántaro o alguna jícara para que el joven acarree agua del cenote.

Pero el joven tenía otros planes.

—No es necesario, Tutul. Lo haré a mi manera.

Y sentándose en el suelo, cerró los ojos y elevó ambas manos en dirección al cielo. En ese preciso instante, Chac se transformó en nube, en un gigantesco nubarrón negro que flotó en el espacio hasta detenerse arriba de la hondonada, en donde se deshizo en forma de tremendo aguacero. En pocos minutos, ¡una hermosa laguna se había formado!

A Xibilbá se le esfumó la sonrisa.

—¡No es cierto! ¡No es cierto! —pataleó el rey Tutul—. ¡Ha de ser un espejismo! Voy a comprobar si en realidad existe.

Y empujando con furia a Cocozom y a los centinelas, Tutul casi rodó por los escalones en dirección al patio, lo atravesó a velocidad de "monarca-que-nunca-en-su-vida-hace-ejercicio", salió por la puerta principal y llegó a la recién formada laguna.

El rey la contempló incrédulo, ¡parecía agua! El rey se agachó para tocarla, ¡tenía textura de agua! El rey se llenó la palma de la mano y bebió, ¡sabía igual que el agua! Además... ¡splashhh! El rey se inclinó demasiado y se fue de cabeza a la laguna. ¡Síííí! ¡Era agua, agua húmeda, fría y muy mojada!

Cocozom llegó corriendo seguido por los demás, sacó al monarca a tierra firme, se quitó su manto y lo frotó con ella.

—Pero, Señor, si a leguas se veía que era agua de verdad.

—Ya lo comprobé —respondió Tutul, temblando de frío y de coraje—. Ahora, quiero que lo compruebes tú, Yaxahkín. Deseo que atravieses la laguna sin tocar el agua. ¿Aceptas el reto?

El joven dudó por unos instantes, suficientes para que Ixmuc le dijera quedito: ¡Las tortugas, hijo... las tortugas!

—Acepto. Atravesaré la laguna sin hundirme en ella.

—Esto tengo que verlo de cerca —se dijo Xibilbá, abandonando su escondrijo. Se deslizó por la parte trasera del palacio y se acomodó estratégicamente detrás de unos macetones.

También Kukulkán, que los había seguido a prudente distancia, se ocultó tras de una imponente escultura del rey Tutul.

Yaxahkín llegó a la orilla del agua y chifló suavemente. De inmediato, aparecieron tres enormes tortugas que se le acercaron sin temor alguno. A la más grande de ellas le puso, como si fuera babero, el morral vacío y agarró las cuerdas con ambas manos. Enseguida puso un pie sobre cada una de las otras dos tortugas, dejándose jalar por la primera, que —cosa nunca antes vista— lo hizo con la rapidez de una lancha.

—¡No me tardo, Tutul! —gritó el joven. Y con sus improvisados esquíes acuáticos, atravesó la laguna de ida y vuelta, sin hundirse en ella.

Xibilbá se dio de topes con los macetones, a la vez que murmuraba

—¡No, no y no... mil veces no!

—Ingenioso, muy ingenioso —tuvo que reconocer el rey Tutul—. Pero en la séptima prueba el ingenio no te va a servir ni para rascarte. ¡Ja, ja, ja!

—¡Ja, ja, ja! —apoyó la guacamaya, pero ni aún así le dieron cacahuates.

—¡Cocozom! —gritó entonces el monarca—. ¡Trae leña y haz una inmensa fogata!

—¿Vas a secaros vuestras reales vestimentas, Gran Señor?

—¡Tú no preguntes y date prisa!

Con desgano y desagrado, el "hácelo-todo" real, llevó los leños y les prendió fuego.

—¡Fuego... fuego! —chilló la guacamaya y voló muy lejos.

En la quietud del ocaso, las llamas bailotearon ondulantes y ariscas, reflejándose en los ojillos de Xibilbá que chispearon de gusto.

—Si en verdad eres el elegido de los dioses para reinar en Uxmal, ¡camina a través de las llamas sin quemarte! —desafió Tutul.

—Trataré de hacerlo —dijo Yaxahkín, no muy seguro de sí.

Kinich-Ahau lo notó inseguro y se preparó.

Cocozom contuvo el aliento. ¡Aquello era inaudito! Pero Yaxahkín ya se había quitado las sandalias y caminaba hacia la fogata.

En cuanto el joven metió un pie, Ixnahli cerró los ojos y se cubrió los oídos, esperando escuchar un grito, pero, en ese preciso instante, Kinich-Ahau ordenó a las llamas:

—¡No le hagan daño, es mi amigo!—.

En vez de quemarlo, las llamaradas lo acariciaron, ¡y el joven Yaxahkín caminó a través de ellas sin sufrir el más leve chamuscón!

Xibilbá quedó pasmado.

—¡Magia!, ¡brujería! —gritó el rey, iracundo—. ¡No es posible que lo hayas logrado! ¡Ahhhh!, pero con el siguiente reto no podrás. Tendrás que superarme en tiro al blanco, y yo soy campeón de todo el Mayab. ¡Cocozom! Trae los arcos y encárgate de medir a qué distancia caen las flechas.

Rezongando entre dientes, Cocozom obedeció las órdenes de Tutul mientras los demás se acomodaban para presenciar el concurso.

La noche se disponía a cobijar a la selva, cuando el monarca efectuó su tiro después de haber tensado, sobado y estirado la cuerda del arco tres docenas de veces. La flecha salió disparada y fue a dar a las ramas más altas de una frondosa ceiba, en donde casualmente, se había instalado la guacamaya.

—¡Krrrr... krrrr... krrrr!

Ésta se alejó dando chillidos, toda desplumada.

—¿Qué tan lejos dirías tú que cayó mi flecha, Cocozom?

El "guardia-asistente-secretario y hácelo-todo-real" se sintió muy halagado.

—A unos 30 pasos.

Tutul lo fulminó con la mirada.

—¡¿A qué distancia dijiste?!

—A unos 300... ¡no, no!... más bien 3000 pasos, majestad. En la penumbra es difícil calcular... ¡je! ¡je!

—¡Ja! ¿Lo oyeron? ¡Mi flecha cayó lejísimos de aquí! ¡Nunca podrás igualar el tiro, Yaxahkín!

—Lo intentaré —dijo éste a la vez que tensaba el arco.

"Si quiero, puedo, si creo que puedo, todo es posible", se dijo, apuntó en dirección al cielo y disparó.

Pauahtún sopló con todas sus fuerzas y la flecha se perdió de vista entre nubes, luna y luceros.

Todos miraron, boquiabiertos, hacia arriba.

Segundos más tarde, el rey señaló alarmado:

—¡Miren! ¿Qué será aquello que viene? ¡Paaaaaffffff!

Una estrella —de las pequeñitas, por supuesto —cayó sobre su cabeza, tumbándolo al suelo.

—¡Traición, traición! —chilló adolorido, mientras se sobaba un recién estrenado chichón.

Pero Yaxahkín no lo escuchó. ¡Qué bella se veía Ixnahli a la luz de la luna! El joven recogió la brillante estrellita y se la obsequió dándole en la palma de la mano el más tierno de los besos.

—¡Lo hiciste a propósito y muy caro lo has de pagar! —rugió el rey poniéndose de pie—. Esta vez no será a mí a quien te enfrentes, sino a aquel que todo lo sacude y destruye: ¡al terrible Kabrakán, el terremoto! Si te tumba, pierdes... ¡ja, ja, ja!

El eco de su risa aún rebotaba en la selva, cuando un ruido sordo, salido de las entrañas de la tierra, hirió el silencio de la noche, ¡y todo empezó a temblar!

Detrás del macetón, Xibilbá asomó la nariz, ambos ojos y sus dos enormes orejas, dispuesto a gozar del espectáculo.

Los árboles se sacudieron como plumeros, haciendo que los pájaros se aferraran a sus nidos.

En el suelo se abrieron enormes grietas que amenazaron con tragarse a quienes se encontraban en el patio.

Las pirámides crujieron y se cimbraron.

Ixmuc abrazó fuertemente a Ixnahli. Tutul se agarró del taparrabo de su fiel guardia real. ¡Hasta los maestros parecían alarmados!, salvo

Itzam-Cab-Aín, que ya estaba acostumbrada a los arrebatos de Kabrakán.

Yaxahkín resistió con valentía las sacudidas del suelo, y a punto de caer estaba, cuando lo diosa de todo lo viviente llegó a su lado, hizo que el joven alzara las manos y entonces dijo en un susurro:

—¡Calma, Kabrakán, cálmate, yo, Itzam-Cab-Aín, te lo ordeno!

El suelo dejó de temblar de inmediato. Kabrakán suspiró, se enroscó de nuevo en el vientre de la tierra y se quedó dormido. ¡El peligro había pasado!

Los pájaros se acomodaron en sus nidos, mientras los grillos entonaban sus violines y reanudaban su eterna serenata.

Todos recobraron la calma, excepto Tutul que gritó histérico:

—¡No es posible, no es posible! ¡Nada ha podido derrotarte! Enfréntate, pues, como prueba final, al más temible de los adversarios: ¡al propio Xibilbá!

Al escuchar su nombre, aquel hombrecillo que no solamente era del mal, sino que tenía muy mal genio, abandonó su escondite y se dirigió a Yaxahkín, hecho una fiera.

—Aún me duelen los cucharonazos que me diste. Pero esta vez, ¡me las pagarás!

Los dioses se miraron alarmados. ¡Tenían estrictamente prohibido interferir en el enfrentamiento de un demonio con un mortal!

Yaxahkín lo vio venir hacia él con la rapidez de un meteorito, y se encomendó al gran dios del cielo. ¡No tenía tiempo de esquivar el golpe!

Fue entonces cuando Kukulkán inventó las zancadillas. "Más vale maña, que fuerza", pensó.

Con gran elegancia alzó el borde de su túnica y extendió un pie en el camino de Xibilbá. Éste tropezó con la fuerza de cien mil gigantes, atravesó los aires como chiflido tumbando al rey Tutul y, según cuenta la leyenda, aterrizó al otro lado del océano, donde se dedicó a armar guerras y a ocasionar desastres.

La corona cayó de la cabeza del monarca, que yacía tendido en el suelo cuan largo y gordo era, y rodó hasta llegar a los pies de Yaxahkín.

Ixmuc se inclinó a recogerla.

—Es tuya, hijo mío —dijo, entregándosela—. Llévala siempre con honor y recuerda: sigue los consejos de tu corazón, no los de tu cabeza, él tiene siempre la razón.

—Jamás lo olvidaré, madre. Y mi primera tarea será evitar que Tutul vuelva a hacer de las suyas.

—De eso me encargo yo, oh, Gran Señor de Uxmal —dijo sonriente Cocozom, haciendo una reverencia—. Lo mantendré ocupado por mucho tiempo, rodando cacahuates con la nariz a lo largo de la plaza... ¡ji, ji, ji!

Y sujetándolo con firmeza, lo arrastró fuera del palacio. Tutul, que empezaba a recobrar el conocimiento, profirió, en maya, una serie de barbaridades que no tienen traducción.

—¡Qué valiente eres, Yaxahkín! —alabó Ixnahli—. ¡Derrocaste a Tutul y venciste a Xibilbá sin ayuda de nadie!

—¿De nadie? ¡Eso sí que no! Yo solo jamás hubiera podido hacerlo —confesó Yaxahkín—. Me ayudaron mis maestros.

—¿Maestros? ¿Cuáles? ¿En dónde están que no los veo?

—Junto a ti, Ixnahli —le respondieron los dioses—. Siempre hemos estado aquí. Andamos por todas partes, aunque no nos vean.

Y ante la mirada atónita de Ixnahli, los cuatro dioses se hicieron visibles, mientras Kukulkán caminaba sonriente hacia ella tan campante como cualquier mortal.

—Ellos son mis maestros, Ixnahli: Chac, dios de la lluvia y del agua; Pauahtún, dios del viento y del aire; Kinich-Ahau, dios del fuego, del sol y de la luz; Itzam-Cab-Aín, diosa de la Tierra y de todo lo viviente; y el gran Kukulkán, la Serpiente Emplumada, dios de la bondad y la sabiduría.

—¡Increíble! —balbuceó la joven. —¡Gracias a todos por haber ayudado y protegido a Yaxahkín!

—No tienes nada que agradecer, bella Ixnahli —respondió galante Kinich-Ahau. El chico se merece el trono de Uxmal, porque...

Un gran alboroto lo hizo callar.

Cocozom irrumpió en el patio, agitado, revolcado y jadeando:

— ¡Es... escapó... escapó!

— ¡¿Quién?! —preguntaron a coro.

— ¡Tutul!... Tutul escapó, lo ayudaron los centinelas a cambio de un puñado de cacahuates.

— ¡Dispersémonos! —sugirió Pauahtún—. ¡Hay que encontrarlo antes de que emigre al Quiché!

—Lo buscaremos por cielo, mar y tierra —prometieron los dioses y... ¡¡Puffff!!... desaparecieron.

—Madre, por favor lleva a Ixnahli a nuestra choza, allí estará segura. Mientras tanto, Kukulkán y yo vigilaremos los alrededores del palacio. Algo me dice que Tutul regresará por su bolsa de cacahuates.

—¿Y yo? ¿Yo qué hago? —quiso saber Cocozom que contemplaba azorado el ir y venir de aquellos extraños seres que parecían hechos de agua, de aire, de fuego y de tierra.

—Tú —le respondió Kukulkán, como si le encomendara la fundación de la Liga Maya —tú, delegado Cocozom, buscarás a la guacamaya.

—Sí, señor... a sus órdenes.

Cocozom se cuadró. ¡Delegado!, lo habían nombrado ¡de-le-ga-do! Y más feliz que un danzante con collar de cascabeles, corrió por la selva gritando:

—¡Guaca... guaca...ven, aquí están tus cacahuates!

No muy lejos de allí, alguien más también andaba en busca de cacahuates. Era nada menos que... ¡Tutul! Un poco menos gordo debido a las corretizas, pero con más deseos que nunca de vengarse de Yaxahkín.

Iba rumbo al que fuera su palacio, cuando encontró, en el bosque, cerca de un cenote, una choza muy humilde rodeada por las más bellas flores. Se acercó a la ventana y vio que adentro estaba Ixnahli ayudando a Ixmuc a hacer tortillas. Sin pensarlo dos veces

Tutul abrió la puerta de golpe, y antes de que la vieja hechicera pudiera parpadear, se apoderó de Ixnahli y corrió con ella en dirección al cenote.

Por unos cuantos segundos, Ixmuc quedó como petrificada, con las manos en la masa, pero luego dio tales alaridos como jamás se habían escuchado.

—¡Ayuda! ¡Tutul se llevó a Ixnahli!

La llamada de auxilio serpenteó entre los árboles y recorrió el bosque entero.

Cocozom la escuchó de inmediato y olvidándose de la guacamaya, regresó a buscar a Yaxahkín. No tardó en encontrarlo, y junto con Kukulkán corrieron hacia la choza de Ixmuc.

—¡Se la llevó! —logró balbucir ésta cuando llegaron—. ¡Se la llevó al cenote!

No había tiempo de localizar a los dioses. ¡Tenían que rescatar a Ixnahli!

Los cuatro corrieron hacia el cenote, y allí la encontraron, atada de manos y de pies sobre una roca, a punto de ser lanzada a las oscuras aguas por el despiadado Tutul.

—Devuélveme mi trono y mi reino —vociferó éste —o tu adorada Ixnahli le hará compañía a los ajolotes que nadan en el fondo.

El joven cerró los puños y dio un paso adelante, dispuesto a lo que fuera.

—Quieto, no hagas nada —recomendó Kukulkán—. Es capaz de cumplir su amenaza. Solamente un milagro puede salvarla.

Y en ese instante, entre los árboles, pasó como bólido "el milagro" —pero emplumado— que se dejó ir sobre Tutul dándole de picotazos en las orejas y en la nariz.

—¡Ayyyy... auchhhhh! ¡Auxilio! ¡Sálvenme, por favor! ¡Quítenmela de encima!

No. No era una serpiente emplumada voladora... ¡era la guacamaya!... y estaba furiosa.

Tutul levantó ambos brazos para cubrirse el rostro, pero al hacerlo, perdió el equilibrio y cayó a lo más profundo del cenote. Las aguas verde jade se abrieron, tragándoselo para siempre.

Bueno... eso dicen algunos. Otros cuentan que Tutul flotó como pelota por la corriente subterránea y salió a tierra, lejos, muy lejos de Uxmal, en donde fundó una ciudad a la que llamó Maní, ¿acaso en honor de su botana preferida?

Yaxahkín se apresuró a rescatar a Ixnahli que, peligrosamente, se tambaleaba sobre la roca. La levantó en sus brazos, y apretándola contra su pecho, le dio un beso en la frente.

—Para toda la vida —le susurró al oído.

Al enterarse de la noticia, los dioses regresaron de volada, y cómodamente sentados en la choza de Ixmuc, escucharon el histórico relato de "la caída de Tutul en el cenote".

—Lo que viene de la nada y llega muy arriba, vuelve a la nada si se abusa del poder —comentó sabiamente Kukulkán.

—¡Bien dicho! —aprobó Cocozom. Porque sin dignidad la vida no vale...

—¡Un cacahuate! ¡un cacahuate! —gritó la guacamaya, trepándose a la cabeza del "delegado".

—Cierto, muy cierto —dijo Ixmuc, riendo con los demás—. Cocozom, tú que eres ahora el encargado de la guacamaya, por favor llévala al palacio y dale los cacahuates de Tutul. ¡Se los regalamos todos!

—¡Prrrrrttt... gracias... prrrrrt!

Y el "guardia-secretario-consejero-asistente y hácelo-todo" y, ahora, delegado real, se alejó silbando con la guacamaya al hombro.

Pero no sólo a la guaca le tocó regalo, también a Yaxahkín e Ixnahli.

Chac se acercó a ellos y después de un húmedo abrazo, les dio un cántaro con el líquido más puro que se pueda imaginar.

—El agua es la savia de la tierra —les dijo—, no la desperdicien. Conserven la de los ríos, mares y lagunas siempre tan pura como ésta, y su pueblo vivirá. Si se contamina o escasea, será el principio del fin.

Yaxahkín le entregó el cántaro a Ixnahli, ésta lo apretó en su regazo.

Pauahtún llegó hasta ellos con murmullo de brisa e hizo entrega de una hermosísima jaula que parecía hecha de blanco cristal.

—Gracias, dios del aire, pero, ¡no tiene puerta! Todo lo que metamos en ella se saldrá.

—¡Por supuesto! —exclamó Pauahtún, agitando su melena—. Es para recordarles que nunca deben aprisionar nada, ni en la jaula, ni en su corazón, o terminarán siendo esclavos de lo que anhelen poseer. Dejen que todo entre y salga de sus vidas como el viento a través de esta jaula. Si permiten que todo fluya libre a su alrededor, ustedes también serán libres.

Yaxahkín e Ixnahli se miraron con ternura y, en ese momento, comprendieron que amarse no era poseerse, sino marchar juntos en la misma dirección.

Entonces, Kinich-Ahau, intenso y resplandeciente como el mismo sol, dijo travieso.

—Me encantaría darles un abrazo, pero temo que sería demasiado... ejem... caluroso. Pero aquí les dejo esta antorcha de fuego eterno que les dará luz en los momentos más oscuros. Si logran ver más allá de lo que miran, harán que en su pueblo haya bienestar y progreso.

—Seguiremos tus consejos, gran Kinich-Ahau. Gracias.

Itzam-Cab-Aín se acercó como si flotara por encima del suelo, y en silencio, les entregó un extraño cofrecito. Ixnahli lo abrió de inmediato. ¡Estaba lleno de algo muy brillante que casi no pesaba!

—¿Diamantes? —preguntó intrigada.

—No. Polvo de estrellas, para recordarles que de esa materia están hechos ustedes y todo cuanto existe... que son uno con el Universo. Enseñen a los suyos a respetar todo aquello que tiene vida y cuiden lo verde. Mientras los árboles existan, también ustedes existirán.

—Los cuidaremos, siempre lo haremos —aseguró Ixnahli.

Solamente faltaba Kukulkán. ¿Qué les regalaría? ¿Acaso una pequeña serpiente emplumada? No. Aquel hombre sabio y bondadoso de carismática sonrisa y dulce mirada entregó a Yaxahkín un arco y una flecha.

—¿Para cazar faisanes?

—No, muchacho. Para "cazar" lo que parece imposible. Si tienes la firmeza del arco, la flexibilidad de la cuerda y apuntas hacia arriba, serás como una flecha que siempre da en el blanco. Podrás alcanzar todas tus metas y realizar tus ideales.

—Lo tendré en cuenta, Kukulkán. ¡Voy a ser el mejor cazador de ilusiones! ¿Verdad, Ixnahli?

Ella bajó la mirada y se ruborizó.

—Debemos irnos —dijo Itzam-Cab-Aín—. La luna pronto llegará al centro del cielo.

—Si alguna vez nos necesitan, no dejen de llamarnos y volveremos —ofreció Pauahtún.

—¡Adiós, bella Ixnahli! —chispeó ondulante Kinich-Ahau.

—Hasta pronto, Yaxankín, Gran Señor de Uxmal —Chac no se quedó atrás.

—Lo soy, gracias a ustedes. Hasta pronto, maestros, hasta pronto, amigos. No será la última vez que nos veamos.

Ixmuc los llevó al claro en el bosque, desdobló el viejo pergamino y trazó de nuevo el círculo en el suelo. El torbellino color violeta lo llenó por completo. En él entraron los cuatro dioses y en un abrir y cerrar de ojos... ¡puuuufffff!... desaparecieron.

—Sensacional forma de viajar —reconoció Kukulkán—. En cambio, yo continuare mi camino a pie.

—¿Y adónde irás, Serpiente Emplumada?

—Hacia el norte. Desde hace tiempo tengo en mente fundar una gran ciudad que sea centro de unión de todos los mayas y llamarla Mayapán.

Ixmuc lo abrazó a la vez que decía:

—Te deseo suerte, Kukulkán. Ojalá puedas realizarlo.

—Se hará realidad, buena Ixmuc. Recuerda: nada es imposible de lograr, si en verdad uno lo desea. ¡Hasta pronto!

Y con estas palabras, Kukulkán desapareció por una vereda del bosque.

Y entonces, por primera vez en su vida, la vieja hechicera de Uxmal se sintió sola, muy sola.

Los maestros se habían ido, Yaxahkín ya no la acompañaría a recoger huevos de tortuga, ya no la ayudaría a cocinar los frijoles. Ahora él tenía una ciudad que gobernar, un destino que cumplir.

No lo pensó dos veces.

Se acercó al círculo en donde aún giraba el torbellino de color violeta.

—¡Espérenme! —gritó. Ágil, menuda y graciosa, saltó dentro y se fue con los dioses.

Yaxahkín se casó con la bella Ixnahli y fue Gran Ah-Kín, Gran Señor de Uxmal, durante miles de lunas.

A pesar de su fama, poder y riqueza, siempre escuchó la voz de su pueblo y, con ayuda de los dioses, gobernó con bondad, sabiduría y justicia, con los pies en la tierra, la mirada en las estrellas y el corazón abierto a los demás.

Jamás olvidó que era tan sólo un simple mortal a quien Ixmuc, la vieja hechicera del bosque, había encontrado en un enorme huevo azul.

Todo lo que termina vuelve a empezar.

Por lo tanto...

... aquí no acaba este cuento, inspirado en otro cuento, que un día me contara un cuentacuentos de la tierra del Mayab.

Este cuento con sabor a cacahuates, con olor a selva y de color verde quetzal.

Los dioses están presentes.

Chac, Pauahtún, Itzam-Cab-Aín y Kinich-Ahau continúan dándole vida, luz y calor a todo cuanto nace y crece en la Tierra, mientras que el sabio Kukulkán, desde el corazón de su pueblo, murmura al oído de quienes anhelan un mundo mejor: "Todo es posible, cuando uno quiere y cree que puede hacerlo".

Aquí no termina esta historia, porque tú eres la continuación de este cuento, que por mucho tiempo, seguirá contando el cuentacuentos de la tierra del Mayab.

Impreso en los talleres de
Impresos Santiago, S.A. de C.V.
Calle Trigo No. 80,
Col. Granjas Esmeralda,
Del. Iztapalapa,
México, D.F.
Mayo de 2009.